Der letzte Krieg

Gisela John

Der letzte Krieg

DORNRÖSCHEN 2020

– gestern – heute – morgen –

Bibliografische Information der Deutschen Bibliothek:
Die Deutsche Bibliothek verzeichnet diese Publikation in der Deutschen
Nationalbibliografie; detaillierte Informationen sind im Internet über
<http://dnb.ddb.de> abrufbar.

© 2006 Gisela John
Herstellung und Verlag: Books on Demand GmbH, Norderstedt
ISBN 3-8334-4866-0

1958

Marie feierte ihren Geburtstag mit der ganzen Mischpoke. Großmutter holte den selbst gebackenen Kuchen vom Bäcker ab. Alle hatten noch den schweren Herd mit Eisenringen, deren Abnahme den Garprozeß steuerten. Zum Kuchenbacken taugten diese Herde nicht.

Großvater schleppte den ovalen Korb mit selbstgebrautem Most die Treppe hinauf. Am frühen Morgen schon war er in der Räucherkammer. Dort hat er den besten Schinken geschnitten für das Fest seines Lieblings.

Die Familie mit Onkeln, Tanten und Nachbarn war fast vollzählig. Bertram erzählte tollkühne Anekdoten, und alle brachen in wieherndes Gelächter aus. Die Stimmung wurde immer ausgelassener.

Dann läuteten die Kirchenglocken. »Das wird die alte Schippel sein, der ging es seit Tagen schon so schlecht«, meinte Tante Marta. »Dann hat der Fettwanst von Pfarrer ja endlich mal wieder zu tun und darf an der Grabrede würgen«, bemerkte Tante Lampe von nebenan bissig. Einen Moment trat Schweigen ein. Dann wurde wieder erzählt, und bald darauf hörte man helles Lachen.

Onkel Heinrich zog Marie auf den Schoß und schwärmte von ihrem Theaterspiel und ihrem Tanz, und alle riefen »Marie, sing' und tanz' für uns«, und Marie tanzte und tanzte. Sie begann zu schweben, höher und höher.

Das Fest war wunderschön, und alle waren in heiterer Stimmung.

Am darauffolgenden Tag ging Marie in ihren Lieblingswald, um Waldmeister zu pflücken. Marie wanderte bis hoch zur alten Burgruine. Im Innenhof leuchteten Türkenbund und Königskerzen. Marie war von dem Anblick so entzückt, dass ihr wie selbstverständlich das Lied vom lieben Mai von den Lippen kam, und sie drehte sich im Kreise, immer schneller und schneller, und sie wurde müde, so müde und schlief ein. Sie lag zwischen duftenden Blumen. Der dicke blonde Zopf, der zur Krone gesteckt war, hatte sich gelöst und hing nun schwer über die linke Schulter.

Marie erwachte an einem schwülen Sommertag. Ein Gewitter zog auf, und sie fürchtete sich. Verzweifelt suchte sie einen Weg, um in ihr Dorf zurückzukommen. Aber um sie her war alles zugewachsen, eine beängstigende grüne Hölle. »Großer Gott, wie lange habe ich geschlafen«, dachte Marie und fühlte auf ihrer Schulter den leisen Flügelschlag einer Nachtigall. Die seufzt, »Marie, ich fliege vor dir her. Suche das blaue Schwert. Damit bahnst du dir einen Weg durch den Urwald«.

Marie folgte der Nachtigall. Bald hörte sie das Plätschern eines Flusses. Das ist die Oker, freute sich Marie, dann bin ich gleich in meinem Dorf.

Sie kamen durch die Eisenbahnunterführung in den Ort. Warum ist alles so grau und verfallen, fragte Marie die Nachtigall.

Marie, Marie du wirst noch sehr traurig sein, piepste der Vogel.

Die einst sauberen Straßen waren aufgerissen und starrten vor Schmutz. Alle die ehemals so schmucken Häuser schauten aus blinden Fenstern wie traurige Bettler. Fensterläden hingen schief und farblos in den Angeln.

Vermummte Gestalten kamen Marie entgegen und blitzten sie aus ihren Tüchern an. Sie murmelten in einer Sprache, die Marie nicht verstand. Marie spürte, wie ein trockenes Schluchzen ihrer Kehle entstieg. Die feinen blonden Haare auf ihren Armen sträubten sich wie bei einer Katze. Ein Zittern schüttelte ihren Körper, und Tränen machten sie fast blind.

Sie kam zu ihrem Elternhaus und erstarrte. Die alten Bäume waren gefällt. An Stelle des einst so blühenden Gartens lag nun ein trostloser nackter Platz vor ihr. Die schönen Butzenscheiben im Fachwerkhaus waren zum Teil herausgebrochen. Die offenen Wunden waren mit Holzplatten oder Pappe zugenagelt.

Nebenan, wo ihre Freundin Lena gewohnt hatte, wurde eine Tür geöffnet. Eine alte, verschleierte Frau mit blauen Augen flüsterte:»Marie, wo warst du so lange? Komm' herein«. Marie konnte sich nicht rühren. Da flog die Alte auf sie zu und zog sie blitzschnell mit sich ins Haus.

Nachdem die Frau ihren Schleier abgelegt hatte, erkannte Marie Lenas schönen Kussmund und die Narbe neben ihrem linken Nasenflügel. Es war tatsächlich Lena. Sie erklärte ihrer Freundin, dass sie sofort einen Tschador tragen müßte.

Lena kochte Tee. Dazu reichte sie ein helles, dünnes Etwas. Das ist Fladenbrot, sagte die Freundin. Dazu gab es türkischen Honig. Die Beiden aßen genüsslich und erzählten von ihrer Kindheit und fühlten sich ein bisschen wie damals.

Erinnerst du dich noch an die Spiel- Sommerabende an der Oker mit Schwester Osmunda? Wie gern ich die Nonne neckte und wie herrlich sie lachen konnte? Zum Schluß lief ihr Gesicht puterrot an, und ich tätschelte ihre Wangen und gab ihr einen Klaps auf den Po. Diesen Juchzer und den empört drohenden Zeigefinger vergesse ich nie. Auch, du liebes Pinguinchen, man würde dich heute in Allahs Arme prügeln wollen.

Hannes spielte oft Gitarre und wir haben dazu gesungen und getanzt. Vor uns blubberte die Oker, und unsere Rücken berührte fast der Harly. Wie habe ich diesen Wald geliebt. Ich rieche ihn noch und höre seine Geräusche.

Lena:
Überhaupt waren diese kirchlichen Jugendeinrichtungen

eine runde Sache. Wir wurden im guten Sinn geleitet, und unsere Eltern wussten uns in sicherer Obhut.

In diesen Gruppen haben sich auch viele Paare gefunden, und diese Ehen gingen fast immer gut. Weil man auch das Umfeld kannte, konnte es keine bösen Überraschungen geben.

Nun sind unsere Leute auf der Welt verstreut wie die Juden. Und wir werden genauso gehasst.

Marie meint:

Dieser Haß hat mit Nazi-Deutschland nichts zu tun. Schau in die Geschichtsbücher und denk' an die Bibel; es dreht sich immer wieder um die leidige Ursünde, die alte Geschichte von Kain und Abel.

Nun haben Anglo-Amerikaner und Engländer ihr großes Ziel erreicht, die Erneuerung der Landkarte, nämlich die Löschung Deutschlands, geschafft.

Sie bedienten sich keines Krieges. Das hatten sie gar nicht nötig. Unsere kriminellen Wirtschaftsbosse kamen ihnen freundlich entgegen, indem sie die besten Firmen an Engländer und Amerikaner verkauften.

Später wurden auch die Wohngesellschaften an Engländer abgetreten, und damit waren wir voll und ganz in amerikanisch-englischer Hand. Amerikaner und Engländer bestimmten nun alle Preise.

Alle unsere sozialen Errungenschaften, um die wir in aller Welt beneidet wurden, für die aber auch hart gearbeitet wurde, gingen verloren.

Wir waren von nun an die Sklaven Amerikas.

Unsere Parteien, allen voran die CDU, unsere ach so christliche Partei, tat alles, um dem totalen Kapitalismus Tür und Tor zur öffnen.

Lena fragte Marie:

»Erinnerst du dich noch, Adenauer hat uns gleich nach dem

Krieg an Amerika verkauft. Am liebsten hätte dieser Kölsche Jeck den totalen Kapitalismus ausgerufen.

Die dümmste Reaktion von diesem Herrn war die Antwort auf Handelsfragen der Chinesen: Mit Kommunisten mache ich keine Geschäfte!

Aber das Schlimmste, was er uns angetan hat, war die Ablehnung des 12-Punkte-Planes. Wenn er diesen völlig unverfänglichen Vertrag angenommen hätte, wäre das deutsche Volk bald wieder vereint gewesen. Aber das hat dieses kapitalistische Monster tunlichst verhindert. Ich glaube fest daran, dass er dies in einem Geheimpakt mit den Amerikaner beschlossen hat.

Außerdem habe ich den schlimmen Verdacht, dass seinerzeit das Sozialnetz nur geschaffen wurde, damit die Sozialdemokraten nicht an die Macht kamen.

2010, nachdem wir ein Völkergemisch waren, in denen die Deutschen völlig untergingen, griff nunmehr auch das englische Schulsystem, in dem Bildung im schöngeistigen Bereich kaum existiert.

Dummheit und Verrohung waren die Folge. Das Volk ließ sich nun leicht regieren. Engländer und Anglo-Amerikaner triumphierten. Bald schon würde die Vernichtung Deutschlands in Erfüllung gehen.

Marie fragte Lena daraufhin:

Weißt du auch, dass Amerika nach Einwanderung der Engländer niemals mehr ein freies Land war?

Engländer haben schon vor 1840 Neuankömmlinge kontrolliert und entschieden, wer bleiben durfte und wer nicht.

Nun ja, bei all ihrer Weltengier vergaßen sie, dass es etwas geben könnte, was stärker ist als ihr Gott Mammon, nämlich die starke Religion des Islam.

Später zog Marie dunkle Kleider und den Tschadohr an.

Die beiden Freundinnen gingen einkaufen. Mustafa schwärmte von seinem angeblich so frischem Obst, das ganz vergammelt war, und Ali packte ihnen köstliche goldgelbe Fladenbrote ein.

Lena machte Marie immer wieder mit den Dorfbewohnern bekannt. Dann trafen sie auf Fatima. Diese erzählte, dass ihre Schwester einen Sohn geboren hat, und Lena versprach, sie zu besuchen.

Der Ruf des Muezzin schallte durchs Dorf. Dabei fiel Fatima ein, dass ihr Bruder in drei Wochen heiraten würde. Ihr kommt doch zur Hochzeit bat sie. Marie schaute hilflos und Lena umarmte die türkische Freundin. Man hielt noch den üblichen Familientratsch und verabschiedete sich herzlich.

Fatima eilte die obere Dorfstraße hinauf, Marie und Lena schlugen die entgegengesetzte Richtung ein, um noch Krankenbesuche zu machen. In dieser Woche war Lena mit der Krankenbetreuung an der Reihe. Die Frauen wuschen die Hilflosen, fütterten sie und verbanden ihre Wunden. Gegen die Schmerzen gab es ein Rauschmittel. Mehr konnten die Nachbarn nicht tun.

Ist denn außer Dir keiner mehr von unseren Leuten im Dorf, fragte Marie. Lena schüttelte den Kopf. Sie sind nach und nach ausgewandert, sagt sie.

Gott sei Dank, stehen wenigstens noch die Linden- und Kastanienbäume um unseren Dorfplatz, sagte Marie, und der Flussdamm ist wieder so schön wie einst.

Da ist doch damals, bald nach dem Krieg, so ein großmäuliger Kerl aus Berlin gekommen, hat die Kiesgruben an der Zonengrenze gekauft, und als Dank für den Reibach, den er dabei gemacht hat, hat er unseren schönen Flussdamm ruiniert.

Die Dämme wurden ihrer wilden Schönheit beraubt, indem dieser geschmacklose Großkotz Heckenrosen, Akazien, Jasmin, Weiden, Fliederbüsche, Goldraute und Schierling vernichten ließ. Kein Hälmchen durfte stehen bleiben, um diesem langweiligen sterilen englischen Rasen Platz zu machen.

Aus dem duftenden, bunten, zwitschernden und singenden Flusstal hat dieser Geldprotz ein kaltes, glattgrünes Band gemacht. Aber nun ist es wieder so schön wie früher. Alle Vögel sind zurückgekommen, freute sich Marie.

Lena:

Erinnerst du dich noch an Hans? Er wollte sich dort einmal verstecken, nachdem er das berühmte grüne Fahrrad geklaut hat. Ich lief am Damm entlang und fand ihn schließlich unter einer Weide. Hans saß direkt am Fluß, hielt den linken Fuß ins Wasser; der rechte Fuß steckte noch im Schuh. Er hielt das Bein angewinkelt, und auf dem Knie baumelte die ausgezogenen Socke, auf der er weggeworfene Zigarettenstummel – die meisten davon vom Plumpsklo – auseinanderfriemelte, den so gewonnen Tabak in ein Stückchen Papier wickelte, die Lokuszigarette in Brand setzte und genüsslich schmökte. Den Anblick werde ich nie vergessen.

Sie gingen weiter die Dorfstraße entlang.

Heute ist ein großer Tag. Alle großen islamischen Regierungen treffen sich in unserer Hauptstadt. Sie heißt jetzt nicht mehr Berlin, sondern Heilige Islamische Perle, sagte Lena.

Sogar die Fundamentalisten sind dabei.

Was heißt Fundamentalisten, fragte Marie. Fundamentalisten sind streng gläubige Moslems. Sie bilden die Exekutive Allahs. Darum bestrafen sie jeden, der ihre Gesetze verrät.

Wir müssen noch heute mit dem Koran beginnen, sorgte sich Lena.

Wie konnte denn alles so kommen, frage Marie. Unsere Eltern haben doch wie verrückt gearbeitet und dabei so wenig verdient, dass es gerade zum Sattwerden reichte. Allein der Fleiß und die Bescheidenheit unserer Lieben hat unsere Heimat doch zu einem so blühenden Land gemacht. Warum hat man das alles zerstört? Warum, warum?

Und Lena antwortete, unsere Politiker und die Industrie haben uns verkauft.

Es begann damit, dass der Westen den Kommunismus nicht mehr fürchten musste, weil die marxistischen Länder immer ärmer wurden.

Das Unglück kam über uns, nachdem die UDSSR zusammenbrach und damit der Kommunismus verloren war. Nun gab es kein Bollwerk mehr gegen den totalen, verantwortungslosen Kapitalismus der Amerikaner und Engländer. Das bedeutete: Ausbeutung aller!

Folglich brauchte man uns nicht mehr. Außerdem war unser Land wirtschaftlich zu mächtig geworden. Der alte Hass gegen uns brach wieder durch.

Im übrigen machten sich die Menschen aus englischen Kolonien, französischen Kolonien etc. auf ins angebliche Paradies Europa. Davon musste unser Land wieder einmal die Hauptlast tragen. Gleichzeitig wollte man uns mit dieser Menschenmasse vernichten, was ja letztlich auch gelang.

Anglo-Amerikaner hatten längst einen Pakt mit ihren englischen Blutsbrüdern, den sogenannten Herrenmenschen, geschlossen. Die Weltherrschaft sollte in Zukunft ihnen gehören.

Unsere schleimenden Politiker mit ihrer ewigen Katzbuckelei brachten den Westen schließlich darauf, die furchtbare Hitlerzeit aus der Vergangenheit zu zerren wie der Teufel die Versuchung. Die Gründe waren nicht ethischer Natur, es war vielmehr die reine Geldgier, die man durch Erpressung geschichtlicher Vergangenheit befriedigen konnte.

Wir, die zu Hitlers Zeiten noch gar nicht gelebt haben, waren nun die Bösen. Dabei vergaßen die ehemaligen Sieger, dass sie selbst ihren Teil Schuld beigetragen haben, dass ein Hitler an die Macht kommen konnte.

Trotz allem hielt man an der Politik des vereinigten großen Europas fest.

Für uns kam hinzu, dass die DDR zusammenbrach, und wir nun auch unsere Brüder im Osten unterstützen mussten. Jeder wußte, dass dies ein Faß ohne Boden war, und wir folglich keine weiteren Lasten tragen konnten.

Unsere Politiker aber hielten die Grenzen für Glücksritter aus aller Welt weiter offen. Trotz Übervölkerung hieß es nun, wir seien zu wenig Menschen.

Aber, das ist doch unsinnig, wenn wir schon viel zu viele Menschen waren, sagte Marie. Ich kann das alles überhaupt nicht verstehen. Sind denn alle so teuflisch skrupellos oder verrückt geworden?

Lena antwortete: »Die Industrie wollte, dass unser Sozialnetz zusammenbricht, damit die Geldbonzen die Löhne bestimmen konnten. Einige Jahre lief das auch nach ihren Wünschen. Der dumme Michel war stumm und duckte sich, bis alles zusammenbrach.

Nachdem man unsere Wirtschaft dann schließlich mit Hilfe der Europa-Politik vernichtet hatte, brachen Globalisierungen jeder Art zusammen. In allen europäischen Ländern regierte die Mafia mit Mord und Terror, ein Inferno der Gewalt.

Im ehemals reichen Europa wurde der Notstand ausgerufen. Daraufhin haben unsere Nachbarländer die Grenzen wieder geschlossen. Alle Moslems, die auffällig wurden, haben sie des Landes verwiesen. Viele davon sind zu uns gekommen. Wir sind zu viele Menschen. Darum sind wir ein armes Volk geworden.

Übrigens schleusten die Medien immer mehr die englische Sprache ein. Du weißt doch, verlorene Sprache – verlorene Kultur. Man sah uns schon als die letzten Indianer der Anglo-Amerikaner. Sie waren sich so sicher, dass wir nach dem zu erwartenden Zusammenbruch Europas das neueste Bundesland Amerikas würden.

Dann aber siegte bei den Wahlen die Heilige Islamische Partei. Da die Türken den größten Anteil stellen, werden wir nun von unseren türkischen Freunden regiert.

»Dann haben die Türken doch noch geschafft, wovon sie schon 1683 träumten, als sie vor Wien standen«, sagte Marie.

Hier werden nun Christen und Juden verfolgt und ausgewiesen. Aber, wenn sie auf Allah schwören, dürfen sie im Heiligen Islamischen Reich bleiben. Wir sind so froh, dass wir jetzt beschützt werden.

Aber wir haben auch Angst vor einem dritten Weltkrieg. Alle großen islamischen Länder verfügen jetzt auch – wie Amerikaner und Verbündete – über Atomwaffen etc.

Engländer und ihre angloamerikanischen Freunde sind das Übel dieser Welt. Sie wollen die Weltherrschaft um jeden Preis und spielen sich auf als Richter über diese schöne Welt. Sie vergessen, dass sie ganze Völker ausgerottet haben und andere Völker heute noch ausbeuten.

Es passt den Amerikanern auch nicht, dass wir nun einen moslemischen Staat haben. Nachdem bekannt wurde, dass sich die islamischen Staaten zum großen Teil zusammenschließen wollten, haben die Amerikaner unser Land mit Viren verseucht. Viele von uns starben an einer schlimmen Lungenkrankheit.

Außerdem üben sich die Engländer und Amerikaner gern im Krieg. Es bringt ihnen Spaß, ihre Waffen zu erproben.

In Kanada, Australien und Amerika hat man bereits Schlösser für die Parasiten vom sogenannten englischen Königshof gebaut.

Es riecht nach Krieg. Wir fürchten uns vor den Bomben, sagte Lena.

Ich bin hier nicht mehr zuhause, Sizilien ist meine Trauminsel, sagte Marie.

Ich denke an Taormina, von der Maupassant sagte:

Falls jemand nur einen Tag in Sizilien verweilen könnte und

14

mich fragen würde: »Wo ist es am schönsten?« würde ich ohne Zweifel antworten: Taormina«.

»Taormina ist zwar nur eine Landschaft, aber diese Landschaft schließt alles ein um Augen, Sinne und Fantasie zu bezaubern, denn in dieser Landschaft findet man alle Schönheiten der irdischen Schöpfung.«

Lena, ich rufe die Nachtigall, sie soll uns nach Sizilien führen, frohlockte Marie.

Beide schauten zum Himmel und sahen grüngelbe Pilze, die größer und größer wurden. Ist das die Apokalypse, frage Marie.

Tauben trugen winzige Dornenkronen auf ihren Köpfchen und einen Olivenzweig im Schnabel. Alle Vögel fielen auf die staubige Erde. Aus Olivenblättern tropfte Blut.

Es ist zu spät für die Nachtigall, sagte Lena.

Globalisierung und ihre Folgen

Globalisierung bringt kein Zusammenwachsen der Völker. Nicht ein frohes Miteinander ist das Ziel der Machthaber, sondern Ausbeutung von Ländern und Menschen, Zerstörung ihrer Kultur, ihrer Wurzeln.

Goethes Wunsch: »Edel sei der Mensch, hilfreich und gut« wird sich niemals erfüllen. Die Besitzenden sind beherrscht von Gier und Größenwahn.

So lange die Völker in sich eine Einheit bildeten, war die Pflege ihrer Kultur möglich, was die totale Verrohung verhinderte, folglich ein soziales Denken und Handeln ermöglichte.

Globalisierung lässt sich beim Unvermögen des Menschen – er wird niemals weise, geschweige vollkommen – gleichsetzen mit Gier = alles haben wollen, die Welt besitzen – siehe Großbritannien/Amerika.

Das einzig Große, das der ach so kluge Mensch geschaffen hat, ist eine Wahnsinnstechnik – zum größten Teil überflüssig, ja schädlich. Und dieses »Meisterwerk« wird den Menschen letztendlich vernichten, im letzten, allerletzten Krieg …

total verrückt

Heute lebe ich;
Um mich her:
Atomwerke
Genmanipulation
verseuchte Erde
Politmafia
abhanden gekommene Kultur
Übervölkerung ohne Ende
und über allem ein Lügennetz ...
Heute lebe ich
und freue mich
über das Gänseblümchen
im Scherbentopf.
Ich muß total verrückt sein !!!

2020

Im Grab des Hammurabi

Amerika, Amerika, du großes Land des Geldes!
Die Völker der Welt beneideten dich
um deinen Gott Mammon.
so stürzten sie denn geblendet
von Gier.
Nachdem sie den englischen Amerikanismus
übernommen hatten,
mußten sie feststellen,
daß alle Kultur
verloren ging.
Vor etwa 3700 Jahren ließ der Babylonische
König Hammurabi seine Gesetzessammlung in
eine Dioritstele meißeln:
»Der Gesetzgeber hat die Pflicht, den Schwachen vor dem
Starken zu beschützen.«
Amerikaner kannten ein solches Gesetz nicht.
Dahin, dahin, dahin,
dahin, dahin, dahin
ist alles Schöne, alles Gute,
Wo, wo, wo
finde ich meine Lieder,
meine Bilder,
meine Sprache?
Wo?
Im Grab des Hammurabi …

Zur amerikanisch/englischen Nutzung der Globalisierung:

Lied des deutschen Michel

Lemminge laufen wieder dem Abgrund zu.
Kapitalisten, heilige Führer,
zu Diensten, zu Diensten!
Schlagt uns,
tretet uns:
wir küssen euch
die Füße.
Beutet uns aus,
bitte, beutet uns aus
bis zum letzten,
a l l e r l e t z t e n
Blutstropfen.
Wir folgen,
wir folgen.
Was sagte man uns einst?
Zu wenig Menschen sind wir!
Ein Irrtum war's?
Die Wahrheit ist:
Zu viele, zu viele!
Zu Diensten, zu Diensten!
Schon gut, schon gut;
Der Abgrund naht.
Gleich springen wir
a l l e
Die Michel,
die Michel,
die Michel …

gestern und morgen

Heimat
Heimkommen
Heim
Wenn ich an ein Heim denke,
sehe ich unsere alte Küche
vor mir
den Herd mit schweren Eisenringen
spüre behagliche Bullerwärme
schiele nach ruhverheißendem
Rosshaarsofa
mit Kreuzchenstich bestickten
Kissen
Mama liest Rilke
Es riecht nach Kernseife
und Reinlichkeit
der Duft von Birnensuppe
lässt meinen Magen Freudensprünge
machen
Papas ordentlich gefaltete Zeitung
liegt auf dem Tisch und wartet auf ihn
alles ist so friedlich, bescheiden und
gut
u n d   w i r   sprechen noch
u n s e r e   Sprache!!!

2015
sprechen alle englisch
niemand weiß, was behagliche, friedliche
Wärme ist

gestern und morgen

niemand weiß,
wie Birnensuppe schmeckt
niemand kennt Rilkes Panther
… ihm ist, als ob es tausend Stäbe gäbe
und hinter tausend Stäben keine Welt …
und keiner weiß,
was Heimat ist
anstelle von:
???Humanität – Verrohung
Bildung – Verblödung
Freude – Angst
Und die paar Reichen dieser Welt
schwingen die Peitsche und häufen ihr Geld

Das vollkommene Glück der Technik

???Blumen, Poesie – zubetoniert
Alleen – Raketenleuchtstelen
Kochtopf – Ernährungspillen
Gespräche – Computereingabe
Gefühle – ausgelöscht
Zärtlichkeit – Was ist das?

1000 Winter

Durch tausend Winter
bin ich schwer gegangen
und tausend Seelen
weinten in den Schnee
Christrosen blühten zart
und sahen bange
auf einen kalten
zugefrornen See
Und tausend Stimmen
riefen meinen Namen
und tausend Rosen
zeigten ihren Schmerz ...
Doch alle Ängste
die da kamen
verschloß ich
in mein krankes Herz ...
Durch tausend Winter
bin ich schwer gegangen
und tausend Seelen
weinten in den Schnee
Christrosen blühten zart
Und sahen bange
auf einen kalten
zugefrornen See

Gedichte

Heiteres und Besinnliches

schlafende Schiffe

Endlich sind sie zurück,
die Fischer.
Ihre Schiffe liegen im Hafen
und schlafen.
Willkommen schreien die Möwen.
Aber die Schiffe,
sie schlafen und hören sie nicht
Auf den Wellen
liegen jetzt silberne Schatten,
aber die Schiffe,
sie schlafen und sehen sie nicht
Still kommt die Nacht
und schickt ihre Küsse
den schlafenden Schiffen.

Löwenzahn

am Wege steht,
im grauen Hut ein Schmunzeln,
Erinnerung kommt angeweht,
malt Sonnenschein in Runzeln.

Drei Freunde

Drei Felsen, auf die ich schaute,
wenn ich im Garten hinter unserem Haus saß,
waren meine Brüder,
Am Morgen schimmerten sie blaß und traurig,
im Regen leuchteten sie schwarz, in tiefen Gedanken,
und in der Abendsonne strahlten sie unendliche Heiterkeit
Ihre Namen waren Novalis, Apollinaire, Lorca.
Ihnen konnte ich alles sagen.
Wer sonst schon verstand mich,
wenn ich die Natur spürte
und ich hörte, daß das weiche Moos
in einem bösen Grün lachte
und
die glatten, grauen Steine
im gleichmäßigen Plätschern
des Flusses
ganz leise
weinten ...
Die Felsen haben die Menschen gesprengt
so wie sie alles zerstören
in ihrer grenzenlosen Gier.
Aber in mir leben die Seelen
Novalis, Apollinaire und Lorca
weiter.
Novalis in der blauen Blume,
Apollinaire in seiner Madeleine,
Lorca in der Zikade.
Drei Felsen waren meine Brüder,
ihre Seelen sind meine Freunde.
Sie sind meine Liebe, mein Schutz
und mein Halt
u n d
meine Einsamkeit ...

Melancholie

Kleiner Regentropfen,
große Träne du,
leise weint das Fenster
und mein Herz dazu ...

Die alte Vitrine

mit Großmutters Tassen,
unsichtbares Schild
»n i c h t anfassen!«,
mit ihrem Schmuck
der Jahreszeiten,
Kränze aus Veilchen
und Blütenzweigen,
Efeuketten
und dicke Kletten,
Rosenknospen
und Sandelholzstücke,
daran hängt
die winzige Brücke
aus Silberpapier
klimpert sie hier,
öffnet man
die Vitrinentür.

Erinnerung

schenk mir Dein freundliches Lächeln,
bring mich zurück in das Haus meiner Kindheit,
laß mich noch einmal die tröstenden Worte
der Alten hören
und nachts den flüsternden Stimmen
im alten Gebälk,
in knarrenden Fenstern,
in den Wipfeln der Bäume
und im stöhnenden Wind
lauschen!
Nur einmal noch das süße Glück
Geborgenheit verspüren!
Laß mich noch einmal voll Ehrfurcht
in Gottes Natur eintauchen,
das Laub und die Erde meines alten Waldes
riechen,
die Rinde der Eichen berühren
und meine Tränen auf die letzten wilden
Lilien tropfen,
noch einmal Inbrunst und Verschmelzung
spüren,
noch ein einziges Mal Heimat atmen,
bevor die letzten Kirchenglocken
in unserem Land verstummen ...

das Schiff oder das Alter

Ein Schiff sollte kommen.
Meine Sehnsucht stand schon am Kai
Segel riefen mir Grüße zu;
mein Herz schlug Purzelbäume.
Endlich war es da,
das Schiff,
meine Hoffnung.
Konnte mein Glück nicht fassen.
Zu früh gefreut,
zu früh die Welt umarmt …
Das Schiff, das Schiff,
es liegt noch immer schwer im Hafen.
Gleichgültig zieht die Zeit an ihm vorbei
Gleichgültig zieht die Zeit an mir vorbei.
Wir rosten beide vor uns hin …

Regenbogen

Einst tanzte ich auf dem Regenbogen
Es glänzten an ihm
Zuckerkringel
Schaukelpferdchen
Puppenkinder
Rosenkränze
Spitzenschleier
Glückverheißung.
Nun baumeln dort
leere Schaukeln,
Schaukeln im Wind ...

das kleine Glück

Ich möchte Pusteblumen pusten,
Lindenblüten riechen,
Maikäfer fliegen seh'n
und meine Hand in deiner spüren.

Jette

Jette, süße Klette,
Tollkirsche und Veilchenstrauß,
Springinsfeld und Heiderdaus,
Holzpferdchens Kinderlied,
weinend ich von dir schied.
Jette, süße Klette,
werde nicht wie die Babette,
stolz und hohl und kühl wie Eis,
bleib' die liebe, wilde Geiß.
Kleines Geißlein, süß und bunt
wie mein gescheckter braver Hund

Die Puppe

Viele Seelen, seelenlos,
hübsch zu sehen,
wenig Trost
geben ihre rosa Hände,
doch ich fände,
auf den Betrachter kommt es an,
das Kinderherz schlägt dann und wann
in Kummer
Püppchen an sich drückt,
in Freude
Püppchen küßt verzückt.
Püppkens Seele ist
'mal grün, 'mal grau
und hin und wieder auch 'mal blau,
zerknittert wie ein Taschentuch
und manchmal wie ein schönes Buch.
Dann wieder strahlend gelb
und sonnig
wie alle Kinder
wunderwonnig.
Püppi klein und rund und fein,
sie tröstet doch ganz ungemein!

Hanne,

meine Schöne, Kleine,
setz Dich hin, schon' Deine Beine,
rück ein Stück an mich heran,
damit ich Dich gut halten kann.
Deine Lippen, diese Rosen,
möchte ich von Herzen kosen,
sooo kosen.
Deine Wärme wird mich rühren,
ach, wie gern möcht' ich Dich spüren,
Dich spüren.
Doch, Du kleine freche Rübe
lachst,
weil ich Dich gar so liebe,
sooo liebe.

Blaue Beeren

Einen Kranz aus blauen Beeren
band ich Dir,
nicht zum Verzehren.
Dein rotes Haar sollte er schmücken,
mich zu beglücken und entzücken.
Wie war ich wohl verschreckt,
verdutzt,
wie schnell Du alles
weggeputzt.

Lolita,

ach, Lolita, was spielst du
mit dem Feuer,
versprichst so ungeheuer,
so ungeheuer viel,
dein heißer Blick,
der lockt, verführt,
bevor man dich nur angerührt
Da zeigt dein kaltes Herz
der Welt,
was zählt,
ist Geld,
was zählt,
ist Geld.

Seemannsbraut

Die wilde, schöne Seemannsbraut,
sie klagt so laut,
sie klagt so laut.
Den Liebsten hat das Meer geholt,
nun ist er tot,
nun ist er tot.
Das Morgenrot legt sich auf's Meer,
und Vögel fliegen um es her.
Darunter ruht der blonde Peer.
Er kommt nicht mehr,
er kommt nicht mehr.

Der Mond

Der Mond mit seinen bleichen Schleiern
hat sich verfangen
im Geäst,
Ein spitzes Blatt
hat ihn verletzt.
Grünes Blut tropft
in den müden hohlen Stamm.
Und morgen
wird ein zarter Trieb
den Tag begrüßen.
Beim ersten Lied der Amsel
erlöst
die rote Sonne
den runden
dottergelben Mond.
Und morgen abend
darf er
wieder weilen
in seinem weiten Himmelshaus
und alle Sternenbräute
lieben.
Der glückliche Mond, der alte Schlawiner

Büchse der Pandora

»Grün und Blau
verstärken ihre Farbe im Halbschatten«,
schreibt Leonardo da Vinci
in seinem Traktat über die Malerei.
So schimmerten Deine Augen
als ich Dich traf
zum ersten Mal.
Die Büchse der Pandora
lag bereit
als Dein Blick mich traf,
lauernd, verschlagen, gierig,
zum Sprung bereit,
Pantherblick …
…als Dein Mund
meine Lippen blutend machte
und Deine Hände mich
suchten in wilder Hast …
Warum nur
habe ich die Büchse
n i c h t   benutzt?!!!

Wenn alles schläft ...

Wenn alles schläft,
die Erde warm
vom Laub bedeckt;
kahle Äste
hüllt der Himmel
ein
im dichten Nebeltuch
Wenn alles schläft,
kommen die Träume
Angst und Schuld
und Traurigkeit ...
Wenn alles schläft,
fällt Schnee
auf meine Seele,
fällt Schnee
in dieses schwarze Loch,
in dieses Blut
der Einsamkeit ...
Wenn alles schläft,
weint meine Seele still
Wenn alles schläft,
die Erde warm
vom Laub bedeckt ...

Visionen der Apokalypse

Der weise Satz aus dem Ekklesiastes:
»Wo viel Weisheit ist,
da ist viel Grämen«,
trifft auf alle Zeiten zu.
Äonen ziehen dahin,
und die Welt ertrinkt
in Dummheit
und Verrohung.
Die wenigen Weisen
müssen
ein Leben lang
Trauer tragen.
Ihre Kleider
sind aus schwarzer Hoffnungslosigkeit,
ihre Stimmen
sind blutende Verzweiflung,
und ihre Seelen leiden stumm.
Bring', süßer Tod
den Frieden.
Laß' ihre Seelen
ruhen
unter deinem Schatten.

Verzweifelt

Winter
im weißen Kleid
streut
über Fluß, Wald und Haus
seidenweiche Watte aus.
Fröhlichkeit trägt leichtes Weiß,
Traurigkeit läßt Todessehnsucht wachsen.
Weiß ist das Leichentuch,
das über meine traurigen Gedanken fällt.
Wo
ist die gnadenreiche Güte?
Geige
weint im stillen Dom.
Verzweifelt
sucht mein Herz …

Kriegslust

Ein Aufruf wie ein Donnerhall,
Ares erhebt die Fahne,
und Stimmen heben an im Schall,
der alles übertönt im Wahne.
Ate geht um und lächelt still
ein' jedem in das Angesicht,
und auch der jubelt, der nicht will,
dem Ares zu.
Und Ares, den Ate bestrickt,
sieht weder Blut noch Tränen,
doch Ate längst den Tod erblickt
und lächelt über ihren Sieg.
Äonen ziehen über Felder,
auf denen Kreuze steh'n und Buchen,
und in dem Dickicht ferner Wälder
die Todesvögel weitersuchen.

Glockenblumenhimmel,

dieses weiche Blau,
Träumeblau
Glocken zur Taufe,
Glocken zur Hochzeit
Todesglocken,
Kriegsglocken
Soldatentrommel
und Kindergesang
ein Schmetterling
in kalter Hand
Fliegenschwärme
auf toten Augen
geschundene Seelen
schreien nach Müttern,
verbluten in staubiger Erde
Vogelspuren im Schnee
Sehnsucht nach Frieden,
Kirchenglocken und
Friedensgeläut
Glockenblumenhimmel,
dieses weiche Blau,
Träumeblau …

Hoffnung

Solange Menschen Lieder haben,
Vögel Nester bauen,
solange Sterne vom Blau des Himmels trinken,
Schildkröten den Meeresboden küssen,
solange wir noch beten können,
solange hoffe ich ...

Petrus

Wenn es Abend wird,
schließt Petrus den Himmel auf
und zündet alle Kerzen an,
die für uns als Sterne leuchten,
Sie lassen uns träumen
und lassen uns hoffen.
Lieber, alter Petrus,
gib Acht auf Deinen Himmelsschlüssel!
Ohne ihn wären wir verloren …

Spaziergang im Mai

Die roten Dächer schmiegten sich
an das Gelb der Rapsfelder.
Windräder störten die Mittagsruhe.
Vom Kirchturm ragte nur die Spitze
zwischen Baumwipfeln.
Unwirklich beglänzte die Sonne
das Gras.
Alleenbäume standen wie Soldaten
Eskorte für Hummeln, Schmetterlinge
und einsame Hühner.
Auf Löwenzahnwiesen berauschten sich
Stuten und Fohlen an ihren Sprüngen.
Grünlich glitzerte der See
im Sommerlicht,
Es roch nach Honig und Gewürzen.
Glocken klangen vom fernen Kirchturm.
Dazu summte und zirpte es überall.
Es tat fast weh, zu atmen.
Ein Sommertag für Augen, Mund und Ohr
u n d
für ein großes Herz!!!

Wolkenbetrachtung

Hinter dem Kirchturm am Himmel
stand eine dicke Wolke,
die aussah, als hätte sie Bauchschmerzen.
Die Sonne durchzuckte den Wolkenleib
mit scharfem Strahl,
so daß sich der weiße Koloß
wie zum Bersten aufbäumte.
Darüber kam ein dickes Stück blauer Himmel
hervor, der sich langsam ausbreitete
über Margariten- und Mohnblumenfelder.
Die große, weiße Wolke löste sich auf
in Fetzen,
und die Fetzen wurden zu Segeln,
die segelten über das weite, weite
Himmelsmeer.
und meine Träume segelten mit ...

Weihnachtszeit – Kinderzeit

Die kleine Hand voll Haselnüsse,
bunte Zöpfe, Schokoküsse
Große Augen glanzvoll strahlen.
Kinderfinger Sterne malen.
Mit Weihnachtsweisen
Christkind preisen
Süße, süße Weihnachtszeit!
Kinderzeit, Kinderzeit!

Winterwald

Stille in vereisten Zweigen,
die nicht Blatt noch Blüte zieren,
feierlich ein weißes Schweigen,
in den Bäumen, in den Tieren.
Dichtgedrängt die Reh' verharren,
zittern ängstlich in der Stille,
Förster füllen ihre Karren
mit Kastanien, gutem Wille.
Glitzern auch die Schneekristalle,
ist ihr Funkeln doch nicht laut,
Schnee auf dunkle Gräber falle
und bekleide sie als Braut.
Daß kein Fleckchen auf der Erde
dunkel sei und trostlos starre,
daß es wie im Walde werde,
feierlich und still verharre.

Weihnacht

Damals,
die erste Weihnacht
nachdem der Krieg zu Ende war:
Wir waren glücklich,
einander zu haben.
Wichtig war die Nähe der Lieben,
das Feuer im Herd,
die Graupensuppe,
der heimlich gefällte Weihnachtsbaum
mit seinem Duft nach Wald und Erde,
in seinem trauten Kerzenschein
flackerte Hoffnung auf Frieden.
Wichtig war:
Die Weihnachtsmesse,
das Wort Gottes,
die segnende Hand.
Damals war Weihnachten
das Fest,
das große Fest,
das wunderbare Fest,
das heilige Fest,
das Fest der Liebe!

2020

In jenen fernen Tagen,
da Nachtigallen noch Flügel
und Lieder hatten,
Kirschen noch nach Kirschen
schmeckten ...
In jenen fernen Tagen,
da wir die Christnacht hatten
mit Bratapfelduft und
Geborgenheit,
da der Schnee noch weiß und
unschuldig war
und sich unsere Spuren im
unschuldigen Weiß
verloren ...
In jenen fernen Tagen,
da man uns unsere Wurzeln
nahm,
verloren wir unsere Spuren.
Wir verloren unsere Spuren in
jenen fernen Tagen ...